D1866342

Bernard Clavel

Eine Burg aus Papier

Bilder von
Yan Nascimbene
Aus dem Französischen
von Edmund Jacoby

Gerstenberg Verlag

Für meinen Freund, Yves Suffran
B. C.

Für Holden und Jackson
Y. N.

Jan wohnte in einer großen Stadt. Sein Vater war ein solcher Bücherliebhaber, dass er nach und nach das ganze Haus mit Büchern vollgestellt hatte.

Und wenn ich sage, das Haus war voll von Büchern, so ist das ganz wörtlich gemeint: Ohne sich zu verrenken, auf allen Vieren zu kriechen oder sich auf Zehenspitzen vorwärts zu bewegen, war es unmöglich, ins Wohnzimmer zu gelangen, in die Küche zu schlüpfen, sich ins Esszimmer zu schlängeln oder in einen der übrigen Räume vorzudringen.

Nun träumte Jan von einer Burg. Nein, nein, nicht irgendeiner Spielzeugburg. Er wünschte sich eine richtige große Burg mit Wall und Graben, einem Burghof und einem Bergfried, mit vorgelagerten Palisaden, mit Fallgatter, Pechnasen und Zugbrücke, einem Wehrgang mit Wachttürmen, Zinnen und Schießscharten und allem, was dazugehört.

Hinter dem Haus befand sich ein kleiner Hof, eingezwängt zwischen anderen Gebäuden. An diesem im Schatten versunkenen Ort wuchsen eine Linde, ein paar Sträucher – und ungezählte Träume.

Jan war nicht auf den Kopf gefallen, und so sagte er sich eines Tages, der beste Weg, eine Burg zu bekommen, ist es, sie selbst zu bauen.

Und er begann die Pläne zu entwerfen.

Natürlich arbeitete er heimlich.

Er hatte eine so genaue Vorstellung von seiner Burg, dass es ihm leicht fiel, sie zu zeichnen. Als er fertig war, stellte sich die Frage des Baumaterials. Alle Burgen sind aus Steinquadern erbaut und natürlich gab es davon auf dem Hof keine. Und wenn er zwei oder drei Lastwagenladungen bestellte, so konnte das die Aufmerksamkeit seines Vaters erregen.

Also was tun?

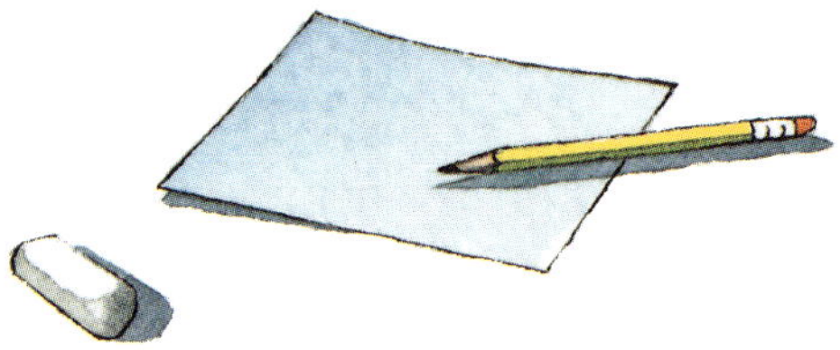

Die Lösung fiel ihm eines Abends ein, als er im Wohnzimmer die Bücher betrachtete, die vom Fußboden bis zur Decke gestapelt waren.

Er murmelte: »Man kann mit Büchern bauen!«

An diesem Abend schlief er lächelnd ein.

Schon am nächsten Morgen machte Jan sich an die Arbeit. Sein Vater, der damit beschäftigt war, ein Gedicht von viertausendfünfhundertundzwölf Versen zu verfassen, kümmerte sich nicht um ihn.

Jan begann damit, dass er besonders dicke Bände für das Fundament heraussuchte. Es gab so viele davon, dass er zwei oder drei von jedem Stapel oder aus jedem Regalfach herausnehmen konnte, ohne dass es auffiel.

Unser Baumeister fand auch schnell heraus, dass sich hinter den Büchern in der ersten Reihe noch weitere verbargen. Wenn er auf die hinteren zurückgriff, würde das niemand je merken.

An den folgenden Tagen stellte Jan mit Befriedigung fest, dass die Regale sich im selben Maße wieder füllten, wie er sie entlastete.

Eines Abends hörte er seinen Vater murmeln: »Merkwürdig, noch vor kurzem hatte ich Schwierigkeiten, die Bücher unterzubringen, die ich gekauft hatte. Jetzt scheint das viel leichter zu gehen!«

Ermutigt und mit doppeltem Eifer machte sich der Junge wieder an die Arbeit.

Auch sein Vater hatte wieder Mut geschöpft und gab bei Buchhändlern und Antiquaren ein Vermögen aus.

Im Hof wuchs die Burg. Weil der Platz in der Länge wie in der Breite äußerst beschränkt war, hieß es, in die Höhe zu bauen.

Einen Monat nach Beginn der Bauarbeiten war die Burg bereits höher als die Dächer aller Gebäude in der Nachbarschaft. Natürlich hatte Jan daran gedacht, eine Treppe zu bauen, die mit den Mauern mitwuchs. So konnte er ohne Probleme das Baumaterial hinauftransportieren. Wenn er ganz oben war, gönnte er sich zuweilen eine kurze Pause und betrachtete die Stadt, die sich zu seinen Füßen erstreckte. Er konnte sehen, wie der Fluss glitzerte.

Eines Tages befand er sich so weit oben, dass er das Meer sehen konnte. Da beschloss er das Dach zu bauen. Er nahm dafür schmale Bücher, die er so aneinander reihte, wie es die Dachdecker mit Dachpfannen oder Schindeln tun.

Das war auch höchste Zeit, denn noch am selben Abend gab es einen Wolkenbruch.

Am nächsten Tag brauchte Jans Vater, der gerade beim sechsundzwanzigsten Vers seines Gedichts angelangt war, ein Wort, das sich in einem bestimmten Buch befand. Er machte sich auf die Suche. Und weil er für Wörter einen ähnlichen Instinkt besaß wie ein Wolf für das Schaf, das er reißen will, machte er zuerst die Runde durch seine Bibliothek, ging dann in den Hof und betrat die Burg über die Zugbrücke, die aus dem Deckel eines großen Atlas' bestand.

Er merkte überhaupt nicht, dass er sein Haus verlassen hatte. Er öffnete das betreffende Buch, nahm das Wort heraus und ging wieder.

Jan war ihm leise gefolgt; nun stieß er einen Seufzer der Erleichterung aus. Als er dann die Mauer seiner Burg näher betrachtete, bemerkte er ein winziges Loch, durch das Licht nach innen drang. Das war die Lücke, die das Wort gelassen hatte.

Am folgenden Tag brauchte unser Dichter wieder ein Wort. Und wieder entstand ein kleines Loch.

Und jeden Tag fehlten neue Wörter und hinterließen neue Lücken.

Als das Gedicht fast fertig war, war die Burg völlig durchlöchert. Sie sah beinahe aus wie der Scherenschnitt einer chinesischen Pagode.

Ängstlich fragte Jan sich, welcher Ritter mit seiner schweren Rüstung sich wohl in einer so zerbrechlichen Behausung wohl fühlen könnte. Selbst eine Fee konnte kaum ihren Fuß hineinsetzen, ohne dass alles zusammenzubrechen drohte.

In der folgenden Nacht schlief Jan sehr unruhig. Immer wieder weckten Wind und Regen ihn auf.

Wie sollte seine Burg einem solchen Unwetter standhalten?

Als Jan aufstand, wagte er nicht nach unten zu gehen. Er stand oben auf dem Treppenabsatz und hörte, wie sein Vater in einem schrecklichen Wutanfall das Gedicht beschimpfte, das er gerade fertig gestellt hatte: »Du bist so schlecht, dass ich dich auf der Stelle in den Müll schmeißen werde!«

Am nächsten Morgen war das schöne Wetter zurückgekehrt. Der Hof sah wieder aus wie früher und die Bibliothek ächzte unter der Last der wiedergefundenen Bücher. Im Schatten der großen Linde aber, von der noch immer dicke Tropfen fielen, entdeckte Jan einen aufgeweichten alten Pappkarton. Darinnen war ein Paar weißer Mäuse damit beschäftigt, ein riesiges Manuskript zu zernagen.

Zwischen ihren winzigen Zähnen knackten die auf die Blätter geschriebenen Wörter wie Nussschalen.

Als sie fertig waren, rief Jan seinen Vater. Der arme Mann war vollkommen erschüttert, als er sah, was geschehen war, und nahe daran, in Tränen auszubrechen.

Doch Jan tröstete ihn: »Hör doch, Papa ..., hör doch!«

Die Mäuse, die das Gedicht zernagt hatten, waren dabei, es aufzusagen. Es fiel ihnen gar nicht schwer. Natürlich waren das eine Menge Wörter. Aber keines zuviel.

Jedes Wort war von Träumen und Wissen erfüllt. Jedes bewahrte einen Schatz.

Verzaubert hörten Jan und sein Vater zu. Sogar die Spatzen in der Linde hatten aufgehört zu zwitschern.

Dann schwiegen die Mäuse und Jan rief: »Papa, kannst du mir nicht zeigen, wie man ein Gedicht baut?«

»Einverstanden. Aber ich brauche dich, damit du dir für mich Burgen ausdenkst!«

Und beide brachen in ein gewaltiges Lachen aus, ein schönes Lachen in Tönen, die im Morgenlicht funkelten.

Tramonet, September 1991

Die Deutsche Bibliothek – CIP-Einheitsaufnahme
Ein Titeldatensatz für diese Publikation ist bei
Der Deutschen Bibliothek erhältlich.

Gesetzt nach neuer Rechtschreibung
Die Originalausgabe erschien unter dem Titel *Le Château de papier*
bei Albin Michel Jeunesse, Paris
Copyright © 2001 Albin Michel Jeunesse
Copyright © 2001 Bernard Clavel und Josette Pratte
Deutsche Ausgabe Copyright © 2001 Gerstenberg Verlag, Hildesheim
Alle Rechte vorbehalten
Printed in France
ISBN 3-8067-4955-8